2020年10月、庚申庵史跡庭園にて撮影

円窓の光やさしく湯豆腐忌

ドレミファソミはみんなのミ蜜柑のミ

伊予灘はいつも穏やか大西日

虹見つけ詠むことそれは生きること

ひかりやさしく

坂本梨帆

もくじ

はじめに

数多ある文芸書の中から、この『ひかりやさしく』を手に取っていただきましてありがとうございます。

私と俳句の出会いは、約十年前の晩秋でした。これまで、俳句や文芸作品を通して、様々な出会いがありました。そして、多くの「言葉」や表現と巡り合い、刺激を受け、感化されてきました。

今、俳句を詠むことが生活の一部になっていると実感しています。

いつからか私は、「誰かの背中を押せる俳句」を目指すようになりました。誰かを傷つけないように、誰も傷つかないように、凶器にもなりうる言葉だからこそ、俳句や言葉の表現が穏やかであることの大切さを考えてきました。

私は、俳句が温かな文芸であってほしいと願っています。言葉で穏やかなやりとりができると、その言葉が恐ろしいものにはならないはずです。

等身大の言葉で穏やかなやりとりができると、緩やかな繋がりもできそうに思います。時に優しい気持ちになったり、時に切なくなったり、作者と読者がお互いの状況や思い、願いをも分かち合えるのではないかと考えます。

はじめての句集となる『ひかりやさしく』は、二部構成です。主に新聞やテレビ、ラジオなどで選んでいただいたり、紹介していただいたりした作品を中心に、百句を収載します。このなかで「なんだか共感できる」と思っていただける俳句が一句でもあれば嬉しいです。

坂本梨帆

Ⅰ　句集

さる山や三十八頭風寒し

乗り遅れ孤独な冬の市駅前

寒月や方向指示器の脈動

寒灯あすを迎えるために消す

息白し生きとし生けるものの朝
青島の猫たちもきっと春を待つ

サッカーのパスしたボール影遠く
枯れ葉ひとつコンクリートを駆けていく

冬や篆《てん》書《しょ》のシンメトリーな世界

鉛筆の落ちし音色の冴ゆる晩

教官と「後方ヨシ」と春風と

風船や事故で一人も逝かぬ日は

碑《いしぶみ》と三月十一日の空
玄関のケースに鍵と種袋

あいさつのおじぎと卒業式の礼
弥生吉日線路を滑る音激し

制服のリボンの青に春の風

紅椿問題課題不正解

感嘆符多き手紙や四月尽

教室の床を磨けば目白鳴く

道徳は「ネット中傷」夏の峰

若葉風自転車置き場を吹きぬける

夏川や地球温暖化の加速

草いきれ土よ光を迎えよう

雲の峰老舗パン屋と赤い橋
サルビアや三十センチの食パン

バレーのサーブ夏はネットの向こう側

グラウンドの隅ビブスが干される夏

リコーダー高音にごる薄暑光
向日葵や君の場所から見えますか

涼風や駅の十時の警報器

画用紙に平筆で描く秋の海

ギター背負い色無き風となる荷物
秋の空音とるピアノからむ指

机ふく秋色映る図書室に
図書室の中は静寂である鵙

窓ぎわに鳥がとまった原爆忌
原爆忌安らぎの黙千羽鶴

日は西に金の薄は白くなる

分かれ道平行世界ヒガンバナ

星月夜壊れた時計二時をさす

背後から自転車のベル冬はじめ

ひかりさす瓦の波に雪の影

ドレミファソミはみんなのミ蜜柑のミ

換気して歓喜の寒気から喚起

おすわりの猫の目配せ十二月

受験期の午後や水たまりの波紋

冬の蝶選んだ空も飛び方も

粛々と睦月の朝の雲間かな

課題また課題の四日ワンルーム

畦道の青に一羽の初鴉

節分や豆飛ぶ一秒の長さ

たんぽぽや防犯ブザーさわらぬ日

曾祖母の植えし小手毬咲き初めぬ

蒲公英の花占いにピンセット
タピオカの半濁点に春動く

昼下がり猫のうとうとして春日

踏青や等身大の時間割

あの家の洗濯物にも春風

風光る日も本番の繰り返し

春眠し三点リーダーの自由

蝶々や猫のすやすや鼻の上

春愉し例えば夜の風呂掃除

躑躅《つつじ》落つ躑躅真っ逆さまに落つ

一粒に一粒の種さくらんぼ
秒針のぐるり一周こどもの日

明日は晴れのち五月雨の登校日

紫陽花やラジオの声の優しい日

白百合の一枚散れば羽になる

白百合やわたしが今日を忘れたら

水はねの自動車去りて梅雨末期

夏木立きょうもベンチの端と端

蟬しぐれ集中講義最終日

揚羽蝶きょうの試験は持込可

向日葵や歯磨き用の砂時計

風きらり青葉時雨の音きらり

涼風至るカタログの紙の質

昼寝する君の十年後の仕事

夕涼み猫背おおよそ六十度

こちら側葭《よし》簀《ず》挟んであちら側

打ち水も自由でいられますように
風涼し夜に畳まれていく海

夏の月いま二丁目の歩道橋

エアコンのリモコンはどこ蛍どこ

蚊《か》遣《やり》火《び》や連綿線は息遣い
噴水やライトアップの色いくつ

東京とスポーツの日と警戒と
虹見つけ詠むことそれは生きること

伊予灘はいつも穏やか大西日

星流る名もなき家事の幾重にも

長き夜の句点の余韻次々と
ふみふみと猫の肉球秋を揉む

猫は猫気ままに欠伸して秋日

草の花相談ダイヤルの向こう

秋の蝶そこに博物館がある

秋夕焼黒板の隅消し忘れ

糸瓜忌に墨の匂いの書斎かな

ほうせんか移動販売車のマーチ

真昼間の停電秋雨の出窓

円窓の光やさしく湯豆腐忌

Ⅱ　セルフライナーノーツ（解説文）

『ひかりやさしく』制作にあたって、これまでに詠んだ俳句を一句ずつ見ました。そして不思議なくらい、当時の情景や気持ちを思い出しました。

ここからは、音楽ＣＤなどでアーティストの方や関係者の方が「セルフライナーノーツ（解説文）」を書かれることもあるように、私も過去作品を振り返ってみます。

ひかりさす瓦の波に雪の影

久しぶりに雪が降りました。翌朝、家々や倉庫の瓦屋根にうっすらと雪が残っていました。そこに差し込んできた朝日は、昨日のほの暗さをかき消すように凛としていました。風の痛い、冷たい朝でしたが、この神々しさを俳句に残したくて詠んだ一句です。

ドレミファソミはみんなのミ蜜柑のミ

おなじみの「ドレミのうた」からヒントを得ました。ドはドーナツ、レはレモン、ミはみんなで蜜柑はどうかしら。蜜柑を分け合えば、少し和めるのかもしれません。

コロナ禍のぎこちない世の中だからこそ、少しでも「ほんわか」穏やかにできれば、と思います。「蜜柑のミ」としたことで、蜜柑の産地である愛媛らしさも込めました。

換気して歓喜の寒気から喚起

同音異義語のおもしろさに気づきました。「カンキ」と読む単語を集めてできたのが〈換気して歓喜の寒気から喚起〉です。

景色よりも同音異義語に重点を置いてしまったため、俳句らしくない句になりました。それでも、何かメッセージ性のある句にしたいと思いました。

冬の換気、あまり歓喜できないかもしれませんが、その寒気から喚起されるものは何か。そう考えると、新型コロナ禍の今、感染予防を徹底しなければと意識を改めました。

受験期の午後や水たまりの波紋

雨が小降りになりました。この句を詠んだのは、ちょうど受験シーズンでした。街角には、寒さ対策と感染予防を万全にした受験生の姿がありました。

この時期、模擬試験や偏差値など、いろいろ気がかりなことが多いと思います。私自身もいろいろ気になっていました。

「水たまりの波紋」。数年前、受験生だった一人として、「波紋」で結びました。

粛々と睦月の朝の雲間かな

二〇二〇（令和二）年の新春の句です。雲と雲の間から、光がさしてきました。一月という新たな年の始まりに、なんだか詠みたいという気持ちが高まり、ふわっと詠みました。

上五「粛々」を入れようか、他の表現が相応しいのか迷いましたが、新年のそれを伝えたいと思い、このまま仕上げました。

課題また課題の四日ワンルーム

この句の季語は「四日」、一月四日を指す新年の季語です。ここで詠んだのは、大学のとある授業で課されていたレポートについてです。進めても進めても終わりの見えない、ある種の焦りを表しました。もっと計画的に効率よく取り組めていたら、こんな気持ちを味わうことはなかったはずです。反省の気持ちをも込めての一句。

畦道の青に一羽の初鴉

二〇二〇（令和二）年の新春です。田畑が広がる、のびのびとした風景に一羽の鴉が堂々と佇んでいました。畦道の青々とした、その中にいたのです。敬遠されがちな「鴉」という存在も「初鴉」として見ると、季語として際立つと思います。尊い季語に見えてきます。

節分や豆飛ぶ一秒の長さ

「鬼は外、福は内」節分の豆まき、この一瞬を切り取りました。一秒の間、長いのか短いのか。「節分」と「豆を飛ばす（豆まき）」の二つの景。言葉として距離が近すぎるのかもしれない、と気づいたのですが、「一秒」にクローズアップしたかったのでこの形にしました。節分らしい俳句に仕上がったと思います。

たんぽぽや防犯ブザーさわらぬ日

三月です。新年度が近づいてきました。防犯ブザーといえば、小学生のランドセルとセットで思い出します。小学校の入学当時、練習で鳴らしたブザーの高音に強く驚いたことが忘れられません。私の入学した小学校は、防犯ブザーをいつ鳴らすのか、鳴らす機会がないような田舎にありました。ですが、いつ犯罪に遭うかわからないのが事実です。幸いなことに、小学校卒業まで防犯ブザーを鳴らす危機的な場面はありませんでしたが、これから新一年生になるみんなも、毎日が「防犯ブザーさわらぬ日」であってほしいと切に願います。たんぽぽのように、暖かな場所で穏やかな春風に揺られる、そんな小学校生活を送ってもらえると作者としても喜ばしいです。

蒲公英の花占いにピンセット

蒲公英で花占いをするならピンセットを！　ピンセットがあれば。「もし、そうするのであれば」という場面を詠んでみました。

事実、まだ実践していないのですが、もし本当にやってみるとかなり気の遠くなることに違いありません。

タピオカの半濁点に春動く

タピオカの「ピ」の半濁点、単語の音に着目しました。春の初めに位置する季語「春動く」との取り合わせについて、上五と中七に合うのか否か、迷いました。それでも、少し幅を持たせ、ゆとりも含ませたいと思い、「春動く」でまとめました。

踏青や等身大の時間割

学生にとって大切な「時間割」です。それは学びのスケジュールの中心になり、どのような科目を履修するのか、何を学びたいのか、で組み合わせられます。大学生活を送るにあたって、学期の始め、特に年度初めはシラバスを確認することからスタートします。それぞれの学生が織りなす時間割のサイズはきっと等身大であると思います。

風光る日も本番の繰り返し

春に、ふと詠んだ句です。毎日毎日がいきなり本番なのだと、ふと気づきました。風光る今日も、風光るであろう明日も明後日も、ずっとずっとリハーサルのない日々。大変だと思えば大変で、当たり前だと思えば当たり前のことですが、そんな日々を句にしました。

春眠し三点リーダーの自由

二〇二一（令和三）年の春のことです。あるニュースで報じられていたのが、「三点リーダー」がSNSなどでのコミュニケーション上で時にぎこちなくなる、という内容でした。

「三点リーダー」とは、「…」で表される記号のことです。

「なかなか伝わらない」という思いと「なんとか読み取ってもらえないか」という思いの二つが、すれ違うケースもあるそうです。

伝えること、伝わること、やりとりする際にいろいろな表現がありますし、少しのニュアンスで受け止め方も変わってきます。

春眠も、コミュニケーションも、文字も、自由度があれば動きやすい一方、すれ違いも生じます。

春愉し例えば夜の風呂掃除

日常の何気ない掃除さえも、楽しくなってきました。中七と下五の「例えば夜の風呂掃除」が先に形になりました。これにぴったりな季語を探していると、季寄せに「春愉し」が載っており、この季語と出会えたのも楽しかったです。

一粒に一粒の種さくらんぼ

この句は、大学の図書館で詠みました。二〇二〇（令和二）年の初夏のことです。歳時記を探して「さくらんぼ」の項を見つけ、例句を鑑賞しました。例句からヒントを得て、さくらんぼの特徴をつかんだ句が詠みたいと思いました。そして、何かメッセージ性のある句に仕上げたいとも考えていました。そうして詠んだのが〈一粒に一粒の種さくらんぼ〉です。

一つに一つの種があるさくらんぼ。それは、私たち一人ひとりが大切にしている「何か」と通ずるものがあるのではないかと思います。宝物を秘めるように、一粒の種を持っているさくらんぼも人間も、何かを守っているように感じます。

秒針のぐるり一周こどもの日

時間の経つ早さを詠みました。子どもとおとなで時間の感じ方が変化するようです。子ども時代の時間の経ち方、おとなになってからの時間の経ち方、同じ一日や時間でも、感じ方が異なるようで不思議です。〈秒針のぐるり一周こどもの日〉、季語「こどもの日」に想いを託しました。

子どももおとなも、穏やかな秒を積み重ねられたら、と思います。

明日は晴れのち五月雨の登校日

二〇二一（令和三）年の句です。

ある日、天気予報をみると「晴れのち雨」と伝えられていました。雨でも季語「五月雨」だと思えば、どんよりした天気も受け入れられるような気がします。晴れても、曇りでも、雨でも、小さな出来事かもしれませんが、俳句に詠めると、お天気の印象もよりよくなると思います。

白百合の一枚散れば羽になる

曇り空の広がる薄暗い外にいます。真っ白な百合が咲きました。花びらの一枚いちまいが、羽のように見えました。この一つひとつが羽ならば、どんな想いが、願いが、希望が乗せられたのでしょうか。はらはらと散りゆくそのとき、今までの後悔や心残りを白百合の羽が持って行ってくれたら、すべてを肯定できるかもしれません。……そんなことまで考えてしまいました。

白百合やわたしが今日を忘れたら

同時作〈白百合の一枚散れば羽になる〉と合わせて詠みました。ぼんやりと百合の花々を見ていたときのことです。真っ白な百合を見ていると、ふと、感じるものがありました。

それは、記憶の中にある感情も、出来事も、それら全部が真っ白になってしまったらどうなるのだろう、ということです。

中七「わたし」の部分を「あなた」や「みんな」など、読者の方々が、それぞれ置き換えて雰囲気を味わっていただけると、世界観も広がるのではないでしょうか。

蟬しぐれ集中講義最終日

大学構内の坂を登っていた朝です。蟬の声が響いてきました。夏の訪れを感じたひとときです。蟬の声そのものが迫ってくるような感覚になりました。

揚羽蝶きょうの試験は持込可

夏のある日のことです。一羽の揚羽蝶が風を横切りながら遠くへ行きました。この句は、中七・下五「きょうの試験は持込可」が先にできていました。上五に何か生き生きとした季語を入れたいと思っていると、ちょうど出会えたのが揚羽蝶でした。

向日葵や歯磨き用の砂時計

小学校低学年の頃の出来事です。歯磨きの時間の目安となるよう、砂時計が廊下の手洗い場に置かれていました。上五に季語「向日葵」を置きましたが後日確認すると、実際そこにあったのは「向日葵」ではなく、赤い花でした。それでも、向日葵の丈が小学校（低学年）頃の身長と合いそうに思います。

風きらり青葉時雨の音きらり

雨のよく降る季節に詠みました。この句の季語は、「青葉時雨（あおばしぐれ）」です。歳時記で説明文を読んだことはあったのですが、抽象的なイメージしか持てていませんでした。しかしながらある日、雨上がりに木々の下を通ると、葉末から雨粒が一つ、また一つ落ちてきました。雲間から顔を覗かせたおひさまの光と一緒になった光景に、ぼんやりと思い浮かべていた青葉時雨が確からしい情景となりました。風も、青葉時雨の音も、きらきら、きらきら。

涼風至るカタログの紙の質

通信販売のカタログをめくっていました。ツルツルした紙質をなんとか詠めないかと思い、考えたのがこの句です。季語「涼風至る」がツルツルした紙質と合うように感じて仕上げた一句です。

風涼し夜に畳まれていく海

その日も暑い一日となりました。夕刻、伊予灘の水平線も、海面も、空も、夜の色へと変化していきます。まるで、夜が包んでいくかのような気がしました。「包まれる」よりも「畳まれていく」と言い切るほうが詠みたかった景色と合うと思い、この形に仕上げました。

エアコンのリモコンはどこ蛍どこ

「どこ」を繰り返すことで、リモコンと蛍、固いものと生き物との対比をしつつ、少しの寂しさも表せるかと思い、口語で仕上げました。

噴水やライトアップの色いくつ

数年前、噴水を見かけたときのことです。夜だったのですが、水色、青、黄、赤など、色とりどりのライトが噴水のまわりに設置されていました。噴水の水しぶきから涼しさも感じ、清々しい気持ちになりました。

虹見つけ詠むことそれは生きること

「その人の言葉は、その人にしか紡げない」と、俳句に限らず言葉全般に通ずると考えています。表現を変えれば、「その人だからこそ、その人の言葉が紡げる」のだと思うのです。

この句は、言葉選びに迷いながら詠んだ特に思い入れのある大切な一句です。どう詠むか、説明的にならないか、読者への（私の意見の）押しつけにならないか、非常に考えました。

中七と下五の「詠むことそれは生きること」でリズムを意識しながら調えました。季語は「虹」、夏の季語ですが、一年中みられます。年中出現するとはいえ、なかなか見られないからこそ喜びや感動も表現できるかと思い、この季語を選びました。

現代は生きづらさを抱えやすく、様々な困難の多い社会です。さらに新型コロナウイルス禍のなか、思うようにのびのび自由にできない毎日です。

先行きの不透明な世界ですが、あなたはあなたの、私は私の、等身大の言葉を紡いでいきませんか。どこかで繋がっていると思います。言葉にできれば、大丈夫。きっと。

伊予灘はいつも穏やか大西日

二〇二〇（令和二）年の句です。伊予灘の穏やかな様子が詠みたく、ふるさとの風景を込めました。

星流る名もなき家事の幾重にも

「家事」と一言で表しても、いろんな種類があります。ここで詠んだ「名もなき家事」は、小さな細々した家事のこと。そんな日々の諸々にも星が流れてくれたら。一日が過ぎて、また訪れて、過ぎて、の毎日。料理や洗濯、掃除も、名もなき家事も、淡々と進めるだけでなく、小さな楽しみ、ささやかな喜びを見つけられたら、と思います。

長き夜の句点の余韻次々と

秋の長い長い夜の実感です。読書のひとこまです。句読点のタイミングで感動があります。句点も読点も、程よい具合にあってほしいです。句点の余韻を次々と楽しんでいます、ただそれだけなのです。些細に思える場面も、俳句にすれば幅や世界が広がるのだと実感しました。

ふみふみと猫の肉球秋を揉む

猫に癒やされた場面です。猫の足、肉球を見た途端、かわいらしさを感じると同時に、「秋を揉んでくれないかな」と思いました。肩の力の抜けるような、穏やかな秋になってほしい。生きやすい社会へつながってほしいと思い、詠みました。

草の花相談ダイヤルの向こう

相談ダイヤルの向こうに草の花がいてくれたら、と思って詠みました。相談ごとを言葉にして、声にして発するには勇気がいること。それでも、悩みや苦しみ、辛さなどの気持ちについて、電話という「声」のやりとりがあります。そこに確かにある声に（俳句やこの作品を通して）繋がり合えたらと思います。季語「草の花」、小さきものに注目してみました。相談ダイヤルの先に、安心感と癒やしを見いだせたらと願います。

秋の蝶そこに博物館がある

二〇一九（令和元）年の秋の句です。愛媛県内のとある博物館を訪れていたときのこと、展示されていた蝶の標本を目の前にして、鮮やかすぎるほどの数々に圧倒されました。そして、博物館の外には秋の蝶が飛んでいました。それぞれの蝶々と出会ったとき、迫ってくる「何か」がありました。

秋夕焼黒板の隅消し忘れ

「黒板の隅」としていますが、実際はホワイトボードです。ホワイトボードの隅に、消されているようで辛うじて読み取れるくらいの文字が残っていました。切ないくらいの秋、夕日が美しくなってきた時間帯です。

糸瓜忌に墨の匂いの書斎かな

二〇一九年、大学の授業で正岡子規を学んでいた頃の句です。俳句や文芸表現を愛した子規の忌日は、絶筆三句にちなんで「糸瓜忌」と呼ばれます。

子規の遺した俳句文化を引き継いでいけるように、私も表現者として、学習者として、決意を新たにした一句です。

ほうせんか移動販売車のマーチ

明るいメロディーを響かせながら、今日も移動販売車がやってきました。過疎の進む、「田舎」の表現がぴったりな地域です。季語「ほうせんか」で弾けるようなイメージを表せるかと思い、この季語を選びました。

円窓の光やさしく湯豆腐忌

江戸期の俳人・栗田樗堂の忌日は、樗堂さんの愛した食べ物にちなみ「湯豆腐忌」と呼ばれます。〈円窓の光やさしく湯豆腐忌〉この句は、二〇二〇（令和二）年十月の句です。愛媛県松山市の庚申庵史跡庭園で開かれる「樗堂さんを偲ぶ会」の催しに参加させていただいた際、詠みました。特に印象的だったのが円窓です。光も、風も、景色も優しく、庚申庵の静寂で穏やかな雰囲気を込めました。

俳句を詠んできた十年の間に、さまざまな「言葉」と出会いました。言われて嬉しかった言葉、救われた言葉、一方で、言われて悲しかった言葉、悔しかった言葉もあります。言えた言葉もあれば、言えなかった言葉もあります。かけられた言葉も、かけてしまった言葉もあります。たった一言で相手の人生を変えてしまう言葉。その一言ひとことに込められる重さは計り知れません。

「はじめに」でも書かせていただきましたが、私はいつか、どなたかを癒やせる、安心できる俳句を詠みたいと思っています。俳句という道具を使って語り合えたら、穏やかな言葉で、癒やしのつながりができるのではないでしょうか。作品の上手か否かではなく、隣にいて、「詠んでみたよ」「素敵だね。そういう気持ちだったんだね」――。そんなやりとりが叶えば、俳句で相手と語り合えると考えています。

「誰かの背中をそっと押せる句」を詠みたい――。

まだまだ、俳句人生十年。めざす句が詠めるようになるまで、さらに多くの時間がかかりそうです。それでも諦めることなく、詠みます。いつか、俳句や言葉で、さりげなく分かち合えるように、「等身大の言葉」で、表現していきます。

おわりに

作品を発信するということ

「なんだか、ほっとした」

「元気でた」

「安心したよ」

これらのコメントは、私の俳句を新聞やテレビ等で見つけてくださった方からお寄せいただいた言葉です。作品を発表するにあたり、ありがたいご感想も、うれしいお声も、厳しいご意見もたくさんいただきました。

今回『ひかりやさしく』の出版にも、たくさん迷い、悩み、考えてきました。

大学生が本を作るということ。
何のために作るのか。
社会貢献できるのか。
そもそも、私には今、何ができるのか。

一つずつ浮かんでくる問いに、一つずつ答えを探し、見つけ出していきます。

学生のうちにチャレンジしたい。今動いてみなければ、次の機会はないかもしれない。

これまでの十年間に詠んだ俳句を一冊にまとめて、現時点での思いや考えを記しておきたい。

俳句づくりを通して、ほっとしたり、元気が出たり、安心感を共有してもらえたら。

若者（大学生）が自分の頑張っていることを深め、発信すること。争ったり競ったり、ではなく、生きやすい社会になるように。願うだけでなく行動してみること。

「言葉を凶器にする必要はない」とも思うのです。

出版にあたり

大学生で本を作ることに対して、かなりの戸惑いや不安もありました。それでも学生時代に挑戦してみたいという思いで、今回の出版に至りました。『ひかりやさしく』、いかがでしたでしょうか。

俳句を始めた十年前には句集を出版することなど、まったく想像していませんでした。「本を作る」と決めるまで様々な葛藤もありましたが、この『ひかりやさしく』を通して読者の方々と繫がり合えたらと思い、作らせていただきました。

——言葉を大切にできれば、生きることも大切にできるのではないか。最近、強く実感することです。

例えば、自分の気持ちや状態が不安定であったとしても、他人に向けて攻撃したり暴言を吐いたりしなければ、相手は傷つかず、激しい言葉を放つ自分も後悔しません。誰も苦しみや痛みを憶える隙もありません。これは「言霊」を大切に持った私なりの考えではありますが、言葉は自分にも他人にも向けられます。だからこそ大切にしたいと思うのです。相手を苦しめなければ、連鎖することも減るのではないでしょうか。巡り巡って、社会に滞る「生きづらさ」の解消に生かせないでしょうか。

言葉や俳句を、伝えあうための一つの道具として繋がり合えたら、穏やかなやりとりも叶うのではないでしょうか。争うことなく、お互いが相手を尊重し、一緒に作品や気持ち、状況を分かち合えたらよりよいのではないかと思います。私は、俳句とはじめとする文芸、言葉から発信していきたいと思っています（もちろん、言葉だけでなくこれ以外の大切なものも、それぞれが尊い大切なものだと思っています）。

最後になりましたが、『ひかりやさしく』と出合ってくださり、本当にありがとうございます。願わくば、またどこかで、この本のことを思い出してくださると作者冥利に尽きます。

みなさん、どうかお元気で。

ここまでお読みいただきまして、ありがとうございました。

二〇二三年一月吉日

東雲の図書館静かか春を待つ

坂本梨帆

謝　辞

この度の『ひかりやさしく』の出版にあたり、多くの方にお世話になりました。愛媛新聞サービスセンターのみなさまをはじめ、愛媛新聞社のみなさま、関係機関のみなさま、本当にありがとうございました。

松山東雲女子大学、松山東雲短期大学の先生方、職員のみなさま、いつも応援ありがとうございます。

また、俳句を始めてからこれまで、ご指導いただきました小学校、中学校の先生方、俳句大会で出会ってくださった選者の先生方、ありがとうございます。

そして、家族には、ずっとずっと応援してもらっています。今まで大変なことも少なくなかったけれど、こうして、本を出版することができました。本当に感謝です。

最後になりましたが、今、手に取ってくださっている読者のみなさま。『ひかりやさしく』と出合ってくださり、本当にありがとうございます。

著　者

筆者自己紹介

坂本梨帆（さかもとりほ）

平成十二年生まれ。愛媛県大洲市出身。

小学五年生の秋、俳句を始める。

俳句集団「いつき組」組員

松山東雲女子大学（人文科学部心理子ども学科心理福祉専攻）在学中。

主な受賞歴等

【二〇一二（平成二十四）年十二月】
ＮＨＫ松山放送局「それいけ！ 俳句キッズ」準優勝

さる山や三十八頭風寒し

【二〇二〇（令和二）年二月】
第二回青嵐俳談大賞　優秀賞（神野紗希先生選）

エアコンのリモコンはどこ蛍どこ

【二〇二一（令和三）年九月七日付】
毎日新聞「季語刻々」への掲載

秋の蝶そこに博物館がある

【二〇二二（令和四）年三月】
NHK松山放送局「ひめポン！」俳句でポン！　令和三年度特選の特選

虹見つけ詠むことそれは生きること

以上、主な受賞歴等をまとめましたが、賞や名誉のために俳句を詠むのではなく、今を生きるために言葉を紡げる表現者でありたいと考えています。

受賞歴よりも年数（句歴）を前面に出したいです。受賞歴ももちろん大切ですし、受賞して認められるのも大変尊いことです。ですが、自分が賞をいただいたとき、もしかしたら、今回の大会やコンテストに投句が難しかった方もおられるかもしれない。何らかの理由や状況で投句をためらった方もおられるかもしれない。もしかしたらその方が、今回自分がいただいた賞に選ばれていたかもしれない、と思い巡らす私がいます。

だからこそ私は、作者お一人おひとりの〈言葉への想い〉を大切にさせていただき、いろんな言葉に出逢いたいと願っています。

いつか、読者のみなさまに「努力賞」をいただけるよう、励んでまいります。

ひかりやさしく

令和五年二月十三日　初版　第1刷発行

著　者　坂本梨帆

編集協力　愛媛新聞サービスセンター
〒790-0067
愛媛県松山市大手町一丁目11-1
〔出版〕089-935-2347
〔販売〕089-935-2345

印刷製本　アマノ印刷

ISBN978-4-86087-168-0